어제보다 오늘
더 사랑합니다

소중한 마음을 담아…

_____ 님께

_____ 드림

년   월   일

어제보다 오늘 더 사랑합니다

발행일	2019년 1월 15일			
지은이	한 그 림			
그린이	공 이			
펴낸이	손 형 국			
펴낸곳	(주)북랩			
편집인	선일영		편집	오경진, 권혁신, 최예은, 최승헌, 김경무
디자인	이현수, 김민하, 한수희, 김윤주, 허지혜	제작	박기성, 황동현, 구성우, 정성배	
마케팅	김회란, 박진관, 조하라			
출판등록	2004. 12. 1(제2012-000051호)			
주소	서울시 금천구 가산디지털 1로 168, 우림라이온스밸리 B동 B113, 114호			
홈페이지	www.book.co.kr			
전화번호	(02)2026-5777		팩스	(02)2026-5747

ISBN   979-11-6299-500-6 03810 (종이책)   979-11-6299-501-3 05810 (전자책)

이 도서의 국립중앙도서관 출판예정도서목록(CIP)은 서지정보유통지원시스템 홈페이지(http://seoji.nl.go.kr)와
국가자료공동목록시스템(http://www.nl.go.kr/kolisnet)에서 이용하실 수 있습니다.
(CIP제어번호 : CIP2019001657)

(주)북랩 성공출판의 파트너
북랩 홈페이지와 패밀리 사이트에서 다양한 출판 솔루션을 만나 보세요!
홈페이지 book.co.kr • 블로그 blog.naver.com/essaybook • 원고모집 book@book.co.kr

어제보다 오늘
더 사랑합니다

글 한그림
그림 공 이

도화지에 그리다

어느 날, 도서관에 갔다가 나란히 꽂혀 있는 내 책들을 보았다. 도서관에 내 책들이 있다는 것만으로 정말이지 행복하고 감사한 일이다. "사랑하는 사람이랑", "슬픔에 웃고 기쁨에 웃다", 그리고 "신데렐라와 피노키오"였다. 도서관에서는 작가가 쓴 몇 번째 책인지는 중요하지 않다. 그저 같은 작가의 작품을 가나다순으로 정리한다. 그런데 우연치 않게 모두 'ㅅ'으로 시작하는 내 책들이 출간 순서대로 꽂혀 있는 게 놀랍고 신기했다. '사', '슬', '신'으로 이어지는 책들을 보고, 다음 시집은 'ㅇ'으로 시작하는 제목을 써야겠다고 생각했다. 그래서 나온 네 번째 시집 제목이 "아름다울 때 아른거릴 때"였다.

네 번째 시집이 나오기도 전, 사실 다섯 번째와 여섯 번째 시집 이름을 미리 생각했다. "어제보다 오늘 더", "오늘보다 내일 더"였다. 가나다순으로 정리해도 출간 순서대로 책장에 꽂겠다는 의도였다. 집필 과정에서 "어제보다 오늘 더"는 "어제보다 오늘 더 사랑합니다", "오늘보다 내일 더"는 "오늘보다 내일 더 사랑할게요"로 제목을 바꿨다. 그리고 나란히 한 번에 두 권을 완성했다. 60편의 시를 완성해서 한 권을 완성하는 것도 쉽지 않은데, 한 번에 120편의 시를 쓰고 두 권을 완성하려니 정말 적지 않게 힘이 들었다.

머리말 제목이 '도화지에 그리다'인데 잡담이 길어졌다. 나는 수학과 문학을 좋아하지만, 예술도 매우 좋아한다. 초등학교에 들어가기 전에 다녔던 미술학원에서는 선생님이 그림을 잘 그린다고 칭찬을 많이 해 주셨다. 학교에 들어가고 학년이 올라갈수록 그림 그리는 실력은 줄었지만, 나는 디자인 관련된 일을 하고 싶어졌다. 한때는 정말로 미대를 가려고 마음먹은 적이 있다(물론 지금은 그러지 않은 것을 매우 다행으로 여기고 있다). 그래서인지 나는 색깔에 매우 민감하다(숫자와 이름에 또 민감하다). 내가 필요한 물건이나 옷을 살 때도 원하는 색 구성이 아니면 사지 않는다. 심지어는 아이쇼핑을 하다가도 내가 좋아하는 색으로 구성된 물건이 있으면, 필요가 없는데도 살 때가 있다.

글을 쓰는 것은 그림 그리는 것과 매우 유사한 점이 많다. 아무 것도 없는 하얀 종이 위에 나만의 우주를 창조하는 일이다. '글'과 '그림'이란 단어도 왠지 비슷하다. 의도는 다르지만 '한그림'이란 필명도 어쩌면 그래서 만들어진 걸지도 모르겠다. 나는 사람들이 내 시를 읽을 때 한 편의 동화를 보는 것 같은 느낌, 한 폭의 수채화를 보는 것 같은 느낌을 주고 싶었다. 그런 마음으로 머릿속에 나만의 이야기를 쓰고, 그림을 그리고, 그것을 백지에 옮겨 적었다. 고맙게도 늘 삽화를 부탁하는 이들은 내 머릿속에 있는 그림보다 더 멋지고 예쁜 그림으로 내게 선물했다.

네 번째 책을 냈을 때와 지금은 매우 많은 것이 바뀌었다. 똑같은 일을 하고 있지만 직장을 여러 번 옮겼고, 교회에서는 다시 고등부 교사를 하고 있다. 정들었던 곳을 떠나 이사를 갔다(다시 돌아가겠다는 각오로 열심히 살고 있다). 어렵고 힘든 때도 많았지만, 그래도 지금은 웃으면서 돌아볼 만한 기억들이다.

고맙고 미안한 사람들 이야기로 마무리하려 한다. 까다로운 나와 잘 놀아 주는 친구들, 까칠한 나를 챙겨 주는 가족들, 함께 일하는 선생님들, 또 같이 어울리는 선생님들, 나를 가르쳐 주신 선생님들과 교수님들, 또 나에게 선생님이라 부르며 따르는 제자들, 마지막으로 너무나 맘에 드는 삽화를 그려 준 공이에게 고맙고 미안하다는 인사를 하고 싶다.

2018년 겨울, 크리스마스와 연말 분위기로 어수선한 밤에
언제나 졸린 눈으로 지은이 씀.

차례

첫 번째 이야기

로쏘

그리고 이윽고 우리는
더 좋은 그림을 완성하기 위해
비로소 이렇게 돌아온 거야.

왜 이제야 왔니?
왜 지금에서야 우리 만났을까?
아니, 우린 분명히 만났을 거야.
마주치고 지나치고, 또 스쳐가고,
길을 걷다 한 번이라도 서로를 쳐다봤다거나,
어쩌면 실수로 부딪히고
죄송하다는 인사를 건넸을지 몰라.

나는 버스에서
창밖으로 보이는 너를 바라봤을지 모르고,
너는 지하철에서
책을 읽고 있는 나를 쳐다봤을지 모르지.
분위기 있는 카페에서
같은 공기를 마시며 커피와 차를 들고,
혹시나 한 번을 못 봤더라도
우린 상상 속에서 서로의 모습을 그렸을 거야.

다만 그때는
우리가 서로에게 아직 준비되지 않아서,
각자의 자리에서 서로의 그림을 완성한 거야
그리고 이윽고 우리는
더 좋은 그림을 완성하기 위해
비로소 이렇게 돌아온 거야.

꽃을 샀습니다

화려하지 않지만
소박하지도 않은
꽃을 샀습니다.

당신의 생일도
우리의 기념일도 아니지만,
당신을 닮은
꽃을 샀습니다.

평범한 날에
뜻밖의 선물로 기뻐할 모습을 기대하며,
꽃보다 더 예쁘게 웃는 얼굴을 보고파서,
내 이기적인 욕심으로
꽃을 샀습니다.

일시정지

머리가 새하얘지고
가슴이 두근거린다.
손이 떨리고
다리가 휘청거린다.

아무 생각도 나지 않고
어떤 느낌도 들지 않는다.
아니,
모든 생각이 일어나고
온갖 느낌이 파고든다.

눈을 깜빡이는 것도 잊고
숨을 쉬고 있는 것도 몰랐다.
심장이 뛰는지 온 몸이 뛰는지
도무지 헷갈려 알 수가 없다.

그렇게 다가온 그대는
세상에서 가장 아름다운 사람이었다.
아니,
우주에서 가장 아름다운 사람이었다.

그냥 전화했어

그냥 전화했어.
바뀐 프로필사진이 예뻐서.
그냥 전화했어.
돌아가는 길이 아쉬워.
그냥 전화했어.
밤에 핀 꽃이 예뻐서.

그냥 전화했어.
상태메시지가 신경 쓰여서.
그냥 전화했어.
혼자 가는 길이 외로워.
그냥 전화했어.
풀벌레 소리가 좋아서.

그냥 전화했어.
통화 연결음이 떨려서.
그냥 전화했어.
받지 않더라도 내 이름 보면 설렐까.

그냥 전화했어.
사랑해서.

벚꽃 물감

벚꽃이 질까
비가 살살 내리는 날.

창밖으로 내다봤을 때
난 비가 내리는 걸 알지 못했지.

문밖으로 나왔을 때
그제야 벚꽃을 다독이는 소리를 들었어.

어렸을 적 그 아름다움을 알았더라면
나무를 그릴 때 연홍색 크레파스를 썼겠지.

비가 내 맘을 알았는지
벚꽃 담은 물감 되어 내 맘을 칠하고,
벚꽃 닮은 너를 그리고도 물감이 남았어.

우산을 쓴다 한들
그 빗방울을 다 피할 순 없었지.

난 내 맘속에 미처 지지 못한 너를
덧칠하고, 덧칠하고, 덧칠했어.

벚꽃이 질까
비가 살살 내리는 밤.

이유는 모르지만

내가 그대를 찾아온 것은,
땅의 꽃들을 심고,
하늘의 별들을 쫓고,
바다의 파도를 바라보듯
지극히 자연스러운 일.
그저 아름답다는 이유만으로.

내가 그대를 사랑하는 것은,
해가 떠나면 밤이 오고,
달이 숨으면 낮이 오고,
봄, 여름, 가을, 겨울이 지나듯
지극히 당연한 일.
굳이 이유를 몰라도 모두가 알기에.

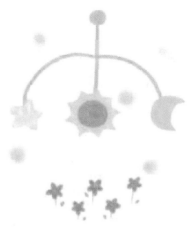

촛불을 켰더니

어둠을 밝히려 촛불을 켭니다.

한 개를 켰더니 내 손이 보입니다.
두 개를 켰더니 당신 손이 보입니다.
세 개를 켰더니 당신 얼굴이 보입니다.

이제는 더 이상 촛불을 켤 필요가 없습니다.

마음의 도둑

멋진 그림은 눈으로 들어오고,
예쁜 노래는 귀로 들어오고,
좋은 향기는 코로 들어오고,
맛있는 건 입으로 들어오는데,
그대는 마음으로 들어왔네요.

아무도 들어오지 않아 닫아 두었는데,
무거운 자물쇠를 채우고 열쇠도 버렸는데,
나도 몰래 문을 허물고 들어오셨네요.
마치 처음부터 그곳에 머문 듯
내 마음 속에 자리 잡고 나갈 생각이 없네요.

어디에 적어 놓을까

어디에 적어 놓을까?
우리 사랑의 언약을.
종이에 적어 놓았다가
젖거나 타거나 찢겨 버릴까.

어디에 적어 놓을까?
우리 사랑의 언약을
나무에 파 놓았다가 훗날 썩어 버릴까,
바위에 새겨 놓아도 언젠간 깎여 버릴까.

도대체
어디에 적어 놓을까?
우리 사랑의 언약을.
고민하는 사이에 하나님께서
천국 저편 기둥에 기록해 주셨네.

이별의 리메이크

어떤 가수가 불렀던 어떤 노래.
난 그게 원곡인 줄 알았는데,
알고 보니 리메이크 곡이었더라.

그래서 원곡을 찾아서 들어봤더니
오히려 더 낯설고 어색한 느낌.
내가 알던 노래가 더 원곡 같다고 할까?

사람들은 그래,
먼저 경험한 것들에 익숙해지지.
그래서 처음이란 말에는 힘이 있는 거야.
첫사랑, 첫 만남, 첫 느낌, 그리고 첫 이별….

그런데 낯설고 어색한 노래라도
계속 듣다 보면 어느 샌가 익숙해지거든.
사랑도 사람도 그렇더라고.

그래도
도무지 이별은 익숙해지지 않더라.

야란치오

그렇지만 내가 사랑을 함은
가끔은 설탕을 넣지 않은
에스프레소를 마시는 까닭이어라.

너는 색연필을 갖고
그림을 그리고,

나는 기타를 갖고
노래를 부르고,

우리는 아름다운
이야기 되어,

또 한 편의 시 되어
삶의 여백을 채우네.

— 좋아하는 거랑
  사랑하는 거랑
  뭐가 달라?

좋아하는 건
사라지면 아쉬운 거야.
즐겨 입는 옷,
자주 가던 식당,
챙겨 보던 TV프로그램 같은 거.

사랑하는 건
사라지면 아픈 거야.
매일 보는 가족,
함께 어울리는 친구,
꼭 안고 싶은 고양이 같은 거.

너는 내가 사라지면
아쉬워? 아니면 아파?

— 그런 거 생각하고 싶지도 않아.

그럼 상상도 못할 만큼 사랑하는 거야.

기억 안 나는 영화

영화를 보면서,
손을 잡고,
볼을 만지고,
서로를 안고.

나는 영화를 보러 왔는지,
너를 보러 왔는지,
무슨 내용인지 알 게 뭐야?

근데
우리가 본 영화가 뭐였지?

하루를 길게 사는 법

하루 24시간 중

네 생각 24시간,
네 걱정 24시간,
네 관심 24시간.

네 덕분에 나는
하루에 사흘을 살아.

잘들 논다

너는
예쁨예쁨열매를 먹었니,
귀염귀염열매를 먹었니,
어쩜 이리 예쁘고 귀엽니?

— 너는
   멋짐멋짐열매를 먹었니,
   착함착함열매를 먹었니,
   어쩜 그리 멋지고 착하니?

우리는
사랑사랑열매를 나눠 먹고
사랑에 빠져 버렸나,
행복행복열매를 나눠 먹고
행복에 젖어 버렸나.

에스프레소

사랑은 그저
감미롭고 향기롭기만 한 건 줄 알았다.

하늘은 핑크빛에 물들고,
소음마저 노래처럼 들리는,
나만을 위한 세상으로 바뀌는 줄 알았다.

사랑은 허나
쓰디쓰고 역하기도 하더라.

잿빛 하늘 아래
아이들 웃음소리마저 짜증나는,
처절하고 잔인하게 나만 고립된 세상.

그렇지만 내가 사랑을 함은
가끔은 설탕을 넣지 않은
에스프레소를 마시는 까닭이어라.

장애와 방해

내 눈을 멀게 한다 해도
난 당신의 모습을 보리라.

내 귀를 멀게 한다 해도
난 당신의 목소리를 들으리라.

내 입을 막는다 해도
난 당신을 부르고 또 부르리라.

내 손과 발을 부러뜨린다 해도
난 당신을 붙잡고 당신에게 가리라.

하물며
내 심장을 망가뜨린다 해도
난 당신을 향한 마음을
절대 멈추지 않으리라.

잔소리는 지겹고,
좋은 말도 한두 번이고,
좋은 노래도 어느 새 질리건만,

그대 말하는 사랑의 속삭임은
밤낮으로 들어도 새롭고 떨리고 설레고,
정신없는 하루에도 나를 나른하게 하는,
천국에서나 들을 수 있는 음악이어라.

딴짓

밤새 작업을 하려고
컴퓨터를 켜고 라디오를 켜고,
의자에 앉아 멍하니 있다가,
스마트폰 메시지가 와서 확인하고,
기분전환 할까 잠깐 게임을 하고,
그러다 다시 자리에 앉았다가,
라디오에서 나온 노래가 너무 좋아서,
또 스마트폰을 들어 검색을 하고,
한 곡 무한재생 들으며 노래에 취했다가,
또 다시 자리에 앉아서 집중하려다가,
배가 고파져 편의점에 가서 먹을 걸 사고,
맛있는 걸 먹으며 영화를 보다가,
영화 주인공이 너무 예뻐서 찾아보고,
또, 또 다시 자리에 앉아서 집중하려는데,
새벽을 깨우는 스마트폰 톡 알림.
확인해 보니 잘 지내냐는 너의 안부.
그리고 머릿속에 미친 듯이 파고드는 너.

나는 이제 밤새
아무것도 할 수가 없다.

오래 전에 짝사랑했던 너를 만났지.
모처럼 만난 네게 얘기했어.
사실 예전에 널 많이 좋아했었다고.
근데 웬걸? 너도 날 좋아했다는 거야.
우리는 웃으며 옛날 추억을 나누다 헤어졌지.

오랜 후에 네가 결혼한다고 말했지.
또 모처럼 만난 네게 얘기했어.
사실은 그때도 널 좋아했었다고.
근데 뭐지? 그때도 날 좋아했다는 거야.
차마 우리는 그때처럼 웃지 못하고 헤어졌지.

좋아한다 말했으면 달라졌을까?
사랑한다 말했으면 웃을 수 있었을까?

세 번째 이야기

지알로

돌아오는 길에 인형이 말을 걸었지.
전하지 못한 선물은 아직 네 것이지만,
전하고 싶은 마음은 이미 그 사람 것이라고.

자정이 다가오는 밤.
너를 보내기가 아쉬워서
너희 집 앞 버스 정류장에 앉아,
우리는 서로를 끌어안고
서로의 향기와 온기에 취해 버렸지.

사랑해.
귀에 대고 속삭이자 네가 물었어.
— 사랑이 뭐야?

사랑은
아침에 일어나기 전에
보고 싶다고 메시지를 보내는 거야.
밤에 잠들기 전에
잘 자고 좋은 꿈을 꾸라고 속삭이는 거야.
혼자 있으면 배고플까봐
나도 안 먹어 본 간식들을 챙겨 주는 거야.
5분이라도 보고 싶어서
한 시간 거리를 기꺼이 달려오는 거야.
네가 아프면 내가 더 아파서
하루 종일 아무것도 못 하는 거야.
네가 화나면 아무 말 없이
몰래 찾아가서 우편함에 선물을 두고 오는 거야.
내가 사랑하는 모든 사람들에게
더 사랑하는 사람이 생겼다고 자랑하고 싶은 거야.

그리고 어제보다 오늘 더
그 마음이 점점 커지는 거야.

내가 널 그리워하는 만큼,
아니 반이라도,
아니, 반의, 반이라도,
반의, 반의, 반의라도,
네가 날 생각한다면,
하루 중 세 시간은
내 생각으로 가득하겠네.

사랑의 모래

우리 사랑한 지는
아직 짧지만
우리는 서로에게
너무 깊게 들어왔다.

비명을 질러도
행복한 모래늪.

이별통

몸이 힘들다.

일이 많아서 그런가,
추워져서 그런가,
아니면
이별해서 그런가.

사소한 기적

우리 서로 사랑한 건
정말이지 기적 같았는데.
서로가 서로에게 반하고,
생각나고 그리워하다
사랑하지 않고는 견딜 수 없었지.

그런 우리가 헤어진 건
정말이지 사소한 일이었네.
이유도 의미도 모를,
적을 수조차 없을
작은 것 때문에 기적을 저버렸네.

못된 상상

상상할 수 있니?
유리구두 없는 신데렐라를,
난쟁이들 없는 백설공주를.

상상할 수 있니?
제페토 없는 피노키오를,
팅커벨 없는 피터팬을.

정말 상상할 수 있니?
미녀를 쫓아 버린 야수와,
순수하지 못한 어린왕자를.

그래서
상상할 수 있겠니?
네가 없는 나와,
내가 없는 너를,
또 우리가 없는 세상을.

같지만 다른

내가 너를 사랑할 때

너와 같은 메뉴를 주문한 건,
너와 조금 더 닮고 싶어서였다.

너와 다른 메뉴를 주문한 건,
너와 나누어 먹고 싶어서였다.

내가 너를 사랑하지 않을 때

너와 같은 메뉴를 주문하거나
너와 다른 메뉴를 주문한 건,
그저 내가 먹고 싶어서였다.

너를 사랑할 때,
너를 사랑하지 않을 때,
같은 행동을 해도
너무나 다른 이유였다.

너와 이별하고
울적한 기분을 달래려 친구를 만났어.
밥을 먹고 기분 전환 겸
처음으로 인형 뽑기를 하러 갔지.

아무 생각 없이 돈을 넣고
이리저리 돌렸는데,
어라?
인형을 뽑은 거야.

기쁜 마음에 인형을 들고
속으로 생각했지.
너한테 줘야지!

아….
이제 줄 수 없지.
난 그렇게 주인 없는 인형을 들고
더 울적한 채 돌아왔어.

돌아오는 길에 인형이 말을 걸었지.
전하지 못한 선물은 아직 네 것이지만,
전하고 싶은 마음은 이미 그 사람 것이라고.

신이시여, 내가 기도합니다.
내가 사랑하는 그 사람,
하지만 나를 떠난 그 사람,
내가 사랑했던 그 사람,
행복하길 아주 행복하길 바랍니다.

허나 아주 조금은 그 행복을 거둬 주소서.
내게서 거둬간 행복의 아주 일부만이라도
그 사람에게서 거둬 주소서.

일 년 중 하루만이라도 행복하지 않은 날,
그것이 나로 인한 것임을 알게 하소서.
그 채워지지 않는 일말의 행복은,
내가 있어야 채워짐을 깨닫게 하소서.

그리고 그 이후로는
계속 행복하게 하소서.
그래도 나를 종종 떠올릴 만큼
적당히만 행복하게 하소서.

마음을 꺼내어

내 가슴 안쪽에서 뭔가 아픈 게 걸린다.
난 아픔을 참고 손을 넣어 그걸 꺼냈다.
눈물이 흘러 떨어지자 그것은
영롱하고 찬란하게 빛났다.

난 그것을 곱게 포장하여 너에게 주었다.
하지만 너는 그것을 보고 받지 않았다.
난 그것을 다시 가슴에 넣을 자신이 없었다.

쥐고만 있어도 이토록 아픈 것을
어찌 가슴 속에 다시 묻으란 말인가.

네 번째 이야기

베르데

무엇이 더 사랑스러울까?
아직 때 묻지 않은 아기들의 웃음과
피곤하다 내 어깨 기대 잠든 너 중에.

본 시집에 나오는 이야기는 허구이므로,
생존해 있거나 사망한 사람과
어떠한 유사점이 있다고 해도
순전히 우연일 뿐입니다.

특히 너!

여우비

너한테 빌린 우산을 돌려주려
하염없이 맑고 밝은 날씨에도
너를 닮은 투명한 우산을 챙겼어.

앗!
갑자기 여우비가 내리길래
얼른 우산을 쓰고 비를 피했지.

맑은 날에도 흐린 날에도
너는 나를 지켜 주는 예쁜 우산.

자세히 안 봐도 예쁘다.
오래 안 봐도 사랑스럽다.
너만 그렇다.

표절은 아니고,
오마주라고 해 줄래?

이리도 어렵고 어려운 것을.
헤아려 보면 누군가와 만나는 것도,
그리고 서로가 사랑에 빠지는 것도.

민들레 홀씨 날려 주는 바람처럼,
제비꽃 꽃잎 날라 주는 나비처럼,
그렇게 우리는 바람과 나비가 되어 만났다.

숙명과도 같았던 만남,
그것은 우연으로 엮인 인연,
그리고 또 인연으로 엮인 기적.

추억을 되짚어 보면
어느 하나 아름답지 않았던 게 없던 기억.
그리고 함께할 때 가장 행복했던 우리.

진실하고 간절한 마음 위로
서로의 씨를 뿌리고 꽃잎을 덮고,
이제는 사랑스러운 햇빛과 비를 내린다.

호흡이 멈추고
심장이 뛰지 않은들,
서로의 끈은 절대 끊어지지 않으리라.

* 이 시를 친애하는 민숙이와 추진호님 부부에게 드립니다.

십이월의 함박눈

하얀 함박눈이 세상을 뒤덮는다.
하늘도 나무들도 사람들도.

채색하지 않아도 함박눈은
그 자체로 눈부시고 예쁘다.

연인들은 내리는 눈을 바라보다가
서로의 눈을 마주치며 사랑을 전한다.

권애하고 총애하는 눈빛으로
그저 함께라서 행복한 마음을 담아서.

순수한 아이들의 동심이 살아난다.
그렇게 세상은 예쁜 마법에 걸린다.

민틋하게 만들어진 눈길을 함께 걷는다.
발자국에 사랑이 담겨 눈이 녹는다.

* 이 시를 친애하는 채연이와 권순민님 부부에게 드립니다.

순대곱창은 솜사탕보다 달콤하다

은밀하게 내 마음 한 쪽
사랑이 머물 자리가 생길 때쯤,
너는 예고도 없이 그곳을 차지했다.

아이처럼 순수하고 무구하게
순대와 곱창을 입에 넣고 우물거리는 모습이
이토록 아른거릴 줄 누가 알았으랴.

영락없이 너는 내 가슴속에 드나들었고,
여지없이 너는 내 머릿속을 오고갔으며,
하릴없이 나는 너를 사랑할까 망설였다.

진심 어린 눈빛을 들킬까 겁이 나,
나는 순대와 곱창을 입에 넣었지만
너를 보니 솜사탕처럼 달콤하게 녹아들었다.

* 이 시를 친애하는 영진샘과 은아샘 부부에게 드립니다.

같은 생각

상상 속에서만 그렸던 것들.
너를 만나는 일이나,
너랑 사랑에 빠지거나,
너와 하나가 되는 그런 것들.

아스라하게 잊어 가는 중에
너는 마침내 내 앞에 나타났다.

운명이라는 걸 믿어 볼까?
인연이라는 걸 믿어 볼까?
아니 이건 기적일지도 몰라,
이런 상상이 현실이 되는 일은!

찬란하게 내리는 꽃잎 아래
너도 나하고 같은 생각을 했다.

* 이 시를 친애하는 상아와 이운찬님 부부에게 드립니다.

무엇이 더 좋을까

무엇이 더 좋을까?
세상의 부귀를 다 누리는 것과
너와 사랑에 빠지는 것 중에.

무엇이 더 아름다울까?
모두가 고개를 들어 바라보는 무지개와
나만 볼 수 있는 너의 미소 중에.

무엇이 더 사랑스러울까?
아직 때 묻지 않은 아기들의 웃음과
피곤하다 내 어깨 기대 잠든 너 중에.

나는 답을 알고 있지만
여기에 쓰지는 않으련다.

영원히 사랑한다는 말은

영원히 사랑한다는 말은
지금 잠깐의 모습에 반하여
쉽게 내뱉을 수 있는 말이 아니다.

그 아름다운 잠깐의 미소는
영원히 사랑할 수 있을지 몰라도
언젠가는 미소가 아닌 눈물도 사랑해야 한다.

그 아름다운 까만 머리카락은
영원히 사랑할 수 있을지 몰라도
언젠가는 하얗게 변한 백발도 사랑해야 한다.

그 아름다운 살결, 또 목소리는
영원히 사랑할 수 있을지 몰라도,
언젠가는 많은 주름과 오랜 침묵을 사랑해야 한다.

그 아름다운 생기 넘치는 모습은
정말이지 영원히 사랑할 것만 같아도,
언젠가는 죽음까지도 사랑한다고 고백해야 한다.

생각을 곱씹고 곱씹어도
이 모든 걸 사랑할 자신이 있다면,
조심스레 입을 열어 영원히 사랑한다고 말하라.

경상도 소네트

니 단디 들어라.
내 니 억수로 좋다, 안 카나?
니 생각카믄 진짜 돌아삐긋다!
우짜면 좋노?
맨날 내 가슴팍을 때리싸는데!

근디 니는 이런 내 맘 모르제?
마! 내는 진짜 니 생각뿐이 안 한다!
니 진짜 깔롱직인다, 직이!
내 진짜 우야노?
이러다 내 콱 죽어 삐는 거 아이가?

내 지금 뭐라 쳐 씨부려 쌌노?
마. 근디 진짜 와 이리 보고 싶노?
내 니 보러 갈라니까, 거 있으라.
니는 내 끼다! 아랐나?

다섯 번째 이야기
블루

다시 꿈에서 깨고 나면
종이 위에 적혀 있는 네 이름,
그리고 그 아래 눈물.

익숙하지만 낯선 곳

모처럼 너희 동네를 가는데,
버스 타고 가는 길이 이렇게 길었나?
사당에서 내려서 몇 번 버스를 탔더라?
끝자리가 8이었나, 9였나?
지하철에서는 몇 번 출구로 나왔더라?
에스컬레이터가 이렇게 길었나?
너랑 오를 땐 짧다고 느꼈었는데.
근처 편의점 이름이 뭐였더라?
아, 두 개나 있었구나.
이런 카페가 있었나, 새로 생겼나?
마을버스 정류장 의자가 이렇게 작았나?
여기까지 올라오는 버스가 몇 번이더라?
3번? 7번? 아, 저기 7번이 올라오네.
혹시 네가 내릴까?
아니, 안 내릴 거야, 아직 올 시간이 아냐.
갈 때는 지하철을 타 볼까?
근데 나갈 때 몇 번 출구로 나갔었나?
나가는 길이 이렇게 길었구나.
버스는…, 곧 오네.
오고가는데 모두 환승이 되네.
이 짧은 시간이 이리도 길었나?

네가 없는 그곳.
익숙하지만 낯선 곳.

또르르

또르르….
내 눈에 눈물이 흐를 때.

또르르….
내 맘이 네게로 흐를 때.

말했었지, 너와 헤어지면
세상에서 가장 슬픈 시를 쓰겠노라고.

그런데
어떤 말을 하고,
어떤 글을 써야
그런 시를 완성할는지.

그저
우리가 함께 있었던 시간들,
우리가 같이 있었던 공간들,
네 미소, 향기, 온기, 목소리,
우리의 약속과 고백,
그리고 모든 추억들 하나하나가
내겐 다 슬프기만 한데.

무엇보다 슬픈 건
영원히 지워지지 않고,
내 머리와 가슴을 맴도는 네 이름.
잔혹하리만큼 아름다운
너와 그 이름.

서로 다른 눈물

미안합니다.
몸서리칠 만큼 괴롭고,
맘에 멍이 들 만큼 슬프겠지만,

난 당신의 이별에
기쁨의 눈물을 흘립니다.

당신도 울고 나도 울지만,
흐르는 눈물의 의미는 다릅니다.
당신은 그 사람을 위해 울겠지만,
나는 당신을 위해서만 울렵니다.

눈물로 쓴 시

시를 쓰려고 펜을 들었다가
아무런 영감이 떠오르지 않아,
가만히 멍하니 앉아 있다가
억지로나마 쓰려고 네 생각을 한다.

네 생각에 잠겨,
그 추억에 묶여,
시를 썼다 지웠다를 반복하다가,
잠들었다가, 꿈꾸었다가,
꿈속에서 너를 만나 행복하다가,

다시 꿈에서 깨고 나면
종이 위에 적혀 있는 네 이름,
그리고 그 아래 눈물.

꿈꾸면서 기쁨에 흘린 눈물인지,
깨어서 슬픔에 흘린 눈물인지,
시 대신 네 이름 하나.
그리고 잉크 대신 눈물의 마침표.

우리가 헤어지고
내가 마주하는 모든 것들이 슬퍼해.
땅의 꽃들도 잎을 떨어뜨리고,
하늘의 구름은 해를 밀어내고,
바다의 파도는 울음소리를 내.

우리가 헤어지고
내가 마주하는 모든 것들이 슬퍼해.
라디오에선 슬픈 노래만 들리고,
인형들은 슬픈 눈으로 바라보고,
책들마다 젖어서 읽을 수도 없어.

우리가 헤어지고
내가 마주하는 모든 것들이 슬퍼해.
난 알면서도 모르는 척하다가
차마 외면할 수 없어,
가까스로 어르고 달래다 잠이 들어.

우리가 헤어지고
내가… 슬퍼해.

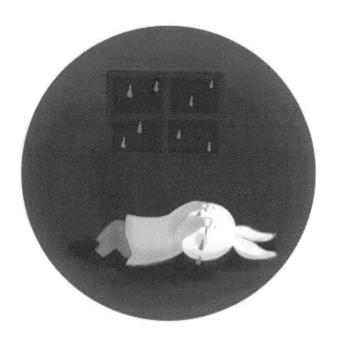

일기예보

일기예보에서 오후부터
비가 세차게 내린다고 했어.
근데 막상 저녁이 되도
비는 그냥 적당히 내리더라.

문득 영화가 보고팠지.
혼자 심야 영화를 보러 갔어.
제목만 보고 슬플 줄 알았는데,
그냥 적당히 재밌었어.

다시 비 내리는 거리를
우산을 쓰고 홀로 걸어왔지.
비는 여전히 적당히 내려.
우산을 쓰면 젖지 않을 만큼.

나도 그냥 적당히 슬픈가 봐.
말하지 않으면 모를 만큼.
생각보다 못 견딜 만큼은 아니고,
우산으로 가리면 젖지 않을 만큼.

나는 너에게 모든 걸 주었다.

돈을 들여 너를 만나고,
시간을 들여 너와 함께하고,
정성 어린 선물들을 준비했다.

하지만 너는 네게 다 주고 남은
달랑 하나뿐인 내 심장을 달라 했다.

난 차마 그것을 건네 줄 수 없어,
가슴 깊숙이에 넣어 두었다.
그리고 너는 나를 떠났다.

적지 않은 시간이 흐르고
그때야 나는 깨달았으니,
다른 것들을 네게 주지 않았어도
내 심장을 가장 먼저 건넸다면,
너는 그것만으로 충분히 만족했으리라.

나는 너에게 아무것도 주지 못했다.

사랑하지만 사랑할 수 없는

너를 사랑하다 보니
너의 모든 것이 사랑스럽다.

네가 입는 옷,
네가 사는 집,
네가 먹는 음식,
네가 보는 영화,
네가 듣는 노래,
네가 하는 모든 것,
네가 머물고 다니는 모든 시간과 공간,
난 너의 모든 것들과 사랑에 빠졌다.

하지만 딱 하나
내가 사랑할 수 없는 게 생겼으니,
네가 사랑하는 사람.

그냥이라는 말(1)

'그냥'이라는 말은
참으로 아무것도 아닌 말.

난 네가 그냥 싫다.
난 네가 그냥 맘에 안 든다.

짧은 두 음절 속에
아무런 이유도 담지 않은 말.

포르포라

건네지 못한 안개꽃,
마른 꽃잎 하나하나 떼어
작은 유리병에 담아 보내렵니다.

직업병

머릿속에 맴도는 네 자리 숫자.
저절로 눌러지는 스마트폰 다이얼.
알게 모르게 떠오르는 익숙한 번호들.

이게 뭐였더라?
생각도 하기 전에 스치는 네 이름.
네 생일, 네 전화번호, 네 주소.
너희 집으로 가는 버스노선.

우리가 함께한 기념일과 시간들,
그리고 다시는 오지 않을 것들.

기억 속에 저장했지만
다시 불러올 수 없는 것들.
뇌리 속에 공간만 차지하는 것들.

너 생각 중

너 생각 중.

숨을 쉬면
들숨날숨.

너는 내 머리에
들쑥날쑥.

너는 내 가슴에
들쭉날쭉.

너는 내 마음에
들락날락.

정신없어도
행복해하는 중

안개꽃

건네지 못한 안개꽃,
마른 꽃잎 하나하나 떼어
작은 유리병에 담아 보내렵니다.

유리병에 담긴 꽃잎보다
미처 담지 못한
흩어진 꽃잎들이 더 많은 건,
꽃잎과 내 맘을 담기엔
유리병이 너무 작은 까닭입니다.

심장은 귀가 있다

좋아한단 말은
심장을 뛰게 하고,

사랑한단 말은
심장을 멎게 한다.

우연이었다

우연이었다,
모든 게 우연이었다.
그냥 스치지 못하고
어쩌다 스며든 우연이었다.
내가 너를 사랑한 것도,
네가 나를 사랑한 것도,
그냥 모두가 우연이었다.
봄날에 흩날리는 꽃잎 하나가
내게 날아온 것 같은 우연이었다.

우연이었다,
모든 게 우연이었다.
그냥 지나치지 못하고
어쩌다 마주한 우연이었다.
내가 너를 보내는 것도,
네가 나를 떠나는 것도,
그냥 모두가 우연이었다.
가을날 떨어지는 낙엽 하나가
내게 떨어진 것 같은 우연이었다.

허나 내게 너무 아픈 우연이었다.

처음 너를 만난 날

처음 너를 만나면
무슨 말을 건네야 할지,
어떤 말을 꺼내야 할지,
나는 정말 잘 알고 있었다.
표정이나 말투는 어떻게 해야 할지
머릿속에서 몇 번이고 되뇌었다.

처음 너를 만나고
그 예쁜 눈빛에 난 얼어 버렸고,
그 예쁜 미소에 난 녹아 버렸다.
지금 내 표정은 내가 그리던 게 아니고,
아무 말도 못 하는데 말투는 무슨 상관인가.

누가 알았으랴?
너를 만나기 전엔 내 모습을 그리고,
너를 만난 후엔 네 모습만 그리게 될 것을.

제비꽃의 사슬

제비꽃을 보다 네가 떠올랐다.

그 꽃잎에서 향기가 난다.
향기에 어울리는 색깔이 있다면
그건 분명 바이올렛이라 생각했다.

그 색깔에서 음악이 들린다.
음악에 어울리는 악기가 있다면
그건 분명 비올라라 생각했다.

그 음악에서 꽃이 핀다.
꽃에 가장 어울리는 이름이 있다면
그건 누가 뭐래도 제비꽃이라 생각했다.

다시 제비꽃을 보다가 네가 떠올랐다.

눈 오는 날의 목욕

별것도 아닌 걸로 우리가 싸우고,
홧김에 너는 나한테 헤어지자고 했지.
나는 어떻게 그런 말을 쉽게 하냐며 화를 냈어.

며칠이 지나고.
그래, 내가 널 더 사랑한 까닭일 거야.
미안하다고 잘못했다고 말해도 너는 듣지 않았지.
우린 그렇게 만나지도 헤어지지도 않은 채로,
며칠을 각자의 삶으로 보냈는지 몰라.

그때가 첫눈 오는 날이었어, 토요일이었고.
첫눈인 주제에 너무 예쁘게 내리는 거야.
눈은 싫어해도 첫눈은 설레는데 마냥 슬프기만 했지.
울적한 기분을 달래려 혼자 목욕탕에 갔어.
다 씻고 옷을 입으면서 폰을 들었는데,
보고 싶다는 너의 메시지를 보고 나는 놀랐어.
그리고 바로 네게 달려가서 손을 잡고 또 널 안았지.

기억나니? 이제는 우리가 진짜로 이별했지만
나는 그 후로 첫눈이 올 때마다 혼자 목욕탕에 간다.
온탕에 앉아서 천장을 바라보면 거기서도 눈이 내려.

내 몸이 내 맘 같지 않아

가끔 네가 하는 말을 흘려들었어.
너를 만나도 피곤하다 말했지.
같이 밥을 먹어도, 차를 마셔도,
난 왜 설렘을 잃어 버렸을까.

모처럼 네게 주려고 선물을 샀어.
너를 닮은 꽃 한 송이도 준비했지.
놀라 기뻐할 너를 기대했는데,
넌 왜 헤어지자는 말을 꺼내니.

입이 열리지가 않아.
목이 잠겨서 말을 할 수가 없어.
손은 떨리고, 다리는 풀려서
다가가 너를 잡을 수 없어.

너를 안고 미안하다 말하고 싶은데,
멍하니 바라만볼 뿐 움직이지가 않아.
내 몸이 내 맘 같지가 않아.

김이 오르는 차를 바라보며,
또 음악을 들으며 너를 생각하다가
차를 마시기도 전에 향해 취해 버린다.

예쁘다, 멋지다, 또 아름답다.
그저 이런 단어들로 널 표현할 수 있을까?
누군가 내 시를 보고 널 상상하다가
너의 모습을 보면, 분명 그 이상의 모습에
내가 쓴 시를 부족하다 말하겠지.
그럼에도 불구하고 시를 쓰는 건,
내 그림과 노래보다 조금 나은 까닭이랄까.

슬며시 찻잔을 들어 입에 갖다 댄다.
향보다 훨씬 진한 맛이 입 안에 퍼진다.
나는 향에 취했다가 맛에 또 취해 버린다.
네가 색이 곱고 맛이 진한 차라면
이 시는 그저 향에 불과하겠지.
내가 쓴 시가 더 초라하게 느껴짐은
네가 비할 데 없이 사랑스러운 까닭이어라.

안부와 안녕

무슨 말로, 어떤 말로, 또 어떻게 인사를 건네야 할까요? 이제는 연락도 끊어지고, 소식도 들을 수 없는 사람이여.

가끔 전화나 문자로 안부라도 주고받을 수 있으면 좋으련만. 아니면 SNS에서나마 잘 지내고 있는 모습들을 보고들을 수 있으면 좋으련만. 지금 어디서 무얼 하면서 어떻게 지내는지, 나는 사진 속 추억을 뒤지면서, 또는 상상 속에서 당신의 모습을 종종 새겨 봅니다.

야속하게도 시간은 정말이지 빠르고 빠르게 흘러가네요. 하지만 나는 별로 변한 게 없습니다. 지금 하는 일이나 사는 곳, 그리고 요즘 어울리는 사람들을 빼면, 나는 그렇게 변한 게 없습니다. 아마 아주 오랜만에 우리가 만나도 당신은 날 한눈에 알아볼 수 있겠지요. 노력하고 있어요. 너무나 길었던 만나지 못한 시간들 때문에 어쩌다 우연히 서로가 만나더라도 조금도 낯설지 않게. 당신은 괜찮아요. 당신이 어떻게 변했든 나는 분명히 알아볼 수 있거든요.

생각해 보면 나는 꽤나 행복한 사람이네요. 좋아하는 일들을 하고, 좋아하는 사람들을 만나고, 좋아하는 꿈들을 꾸면서 살아가고 있거든요. 하루하루 감사하면서 살아야 하겠지요. 그런데 이 소소하지만 소소하지 않은 행복들에 너무 익숙해져서 어쩌면 그것들을 당연하게 받아들이며 살아가고 있었는지도 모르겠어요. 예전의 당신과 내 모습을 떠올리며 그리워하지만, 훗날 또 시간이 더 지나면, 분명 지금의 내 모습을 되뇌며 그리워할 날이 오겠지요. 그때를 위해서라도 나는 지금을 열심히 살아야겠다고 생각합니다.

당신은 나와 얼굴을 맞대고 이야기를 나눌 때 행복했었나요? 그래도 가끔씩 그때를 회상하며 웃음 짓곤 하나요? 그래도 내가 나름 좋았던 사람이었다고, 나름 우리가 함께 있을 때 행복한 기억이었다고 말해 줄 수 있나요? 단언컨대 나는 당신과의 기억 중 행복하지 않았던 것이 없습니다. 종종 아련하게 아쉽고 아픈 기억들이 있어도, 이제는 그것마저 아름답게만 보이는 예쁜 그림일 뿐입니다.

이제는 딱히 다른 걸 바라지 않아요. 다만 당신도 나만큼, 아니 나보다 더 행복하게 지냈으면 좋겠어요. 언제, 어디서, 무얼 하든 간에 지금 삶이 행복하고 아름답게 여겨지길 바라는 마음입니다. 예전의 난 당신이 웃으면 속으로 더 많이 웃었고, 당신이 울면 속으로 더 많이 울었습니다. 지금의 내 마음이 어떻든 그건 크게 상관이 없어요. 지금도 나는 당신이 행복해하면 더 행복할 수 있습니다. 그래서 당신의 행복은 당신만의 것이 아닌 나를 위한 것이기도 합니다.

올해 여름은 유난히도 더웠지요. 여름이 많이 힘들었던 탓에 겨울은 훨씬 더 추울 거라는 말이 많아요. 하지만 아직까지는 괜찮은 것 같아요. 바깥 공기가 겁날 만큼 매서운 추위도 아직 모르겠고, 빨리 이 잔인한 겨울이 지나가길 바라는 맘도 없습니다. 더울 때는 시원한 것들이 소중해지고, 추울 때는 또 따뜻한 것들이 소중해지기에 지금 이 시간을 가치 있게 보내려고요. 나는 그래서 예쁜 코트와 재킷을 입고 외출하는 지금이 행복합니다.

오늘은 딱히 별다른 얘기는 없었네요. 그저 안부를 묻고 안녕을 바라는 편지를 남겼어요. 하지만 그것보다 더 중요한 게 어디 있겠어요. 오늘도 나는 당신과, 또 내가 사랑하는 사람들을 위해 기도하고 잠들렵니다. 늘 건강하고 행복하길. 안녕.

2018년 겨울, 한밤에 기억을 그리며
기억 속의 사람이….

마음을 그리는 *편지*

to.

□□□□□

from.

□□□□□

ps.